花の暦は日々新た

【花の俳句篇】

大久保白村
Okubo Hakuson

東京四季出版

花の暦は日々新た【花の俳句篇】 目次

装　幀
高林昭太

カバー絵
神坂雪佳『百々代草』（1909 年）より
ニューヨーク公共図書館蔵

句集　花の暦は日々新た

【花の俳句篇】

Ⅰ　花の俳句

平成十年

祝「花暦」創刊（平成十年二月）

祝ぐ夢の明日へふくらむ年新た

創刊のくはだてを聞く熌熱う

刊行の継続といふ恵方かな

花道を一誌舞ひ出づ初芝居

暦選りあるじの居間へ花暦

沙汰運び大川越えし初鷗

織密なる花柄の四季織始

祝創刊句稿を送る初電話

風生の忌とや山茱萸墓地に咲き

紅梅に母白梅に父偲ぶ

縄文の遺跡の丘にクロッカス

巡礼の足をとどめしいぬふぐり

牧くさき火の山裾の肥後すみれ

たんぽぽや地上げ空地もはや五年

高階に住み春蘭の鉢ふやす

高原のホテルの庭の余花に逢ひ

山荘といふも洋館棕櫚の花

野蒜咲き墓地と林の境なし

茶の木垣卯の花垣とつづきけり

栗の花匂ふ塾の子帰る頃

誰も見てゐぬ人参の花ざかり

一寸法師釣鐘草に夢結ぶ

藻の花に気づかず魚を見てをりし

白百合と言はずカサブランカといふ

芝庭にユッカを咲かせ海ホテル

ハイビスカス咲かせ先祖は隠れ耶蘇

ジャスミンのレイを作りし島乙女

旅愁ふとデイゴの花に躬を染めて

仙翁を花壇に辰雄記念館

姥百合や捨て山荘の庭荒れて

気づかずに過ぎて日暮の稲の花

茶柱や今朝は木槿の花多し

一隅に食用菊の花壇かな

因幡路や駅の花壇に花辣韮

藍咲かせ庭に蔵あり土蔵あり

軽井沢焼の一壺に吾亦紅

尾根越えや岩の割れ目に富士薊

畦川の水車のきしみ釣舟草

竜胆や熔岩原抜くる道細く

おやき売る駅の前まで蕎麦の花

畑中に苗代茱萸の咲く家路

生垣に沿ひし山茶花月夜かな

門灯の届かぬ闇に藪柑子

冬薔薇や書斎にて聴くシューベルト

ポインセチア真赤看護婦ステーション

平成十一年

「花暦」創刊一周年（平成十一年一月）

花暦十二編み継ぎ沙緻の春

暦吊る位置の変らぬ初座敷

一の字の四つ並びしお元日

周密な編集重ね初暦

年酒酌む一月号を卓上に

をちこちに反古散らばりし稿始

祝ぎごとにふやす頁や初仕事

ぐんぐんとふえし仲間の賀状受く

パンジーや童話の主の指人形

手をつなぎ喇叭水仙見つむ恋

アネモネや大人の恋はワイン酌み

庭石を風の楯とし黄水仙

通ひ路の今年は迅き門桜
一望に千本越ゆる花の宿

木造りの湯宿や峡の花月夜

吉野より帰り一樹の庭桜

しばらくは妻をつつみし花吹雪

黄金週間花満開の軽井沢

アカシヤのてんぷらに酌む地酒かな

供華の百合蝶に化したる山の墓地

踊子草ピアノ教師の庭に群れ

泰山木の花を見下ろす展望台

前庭に虎尾草咲かせログハウス

横町に踊稽古場七変化

娘の部屋に父入れさせず水中花

立浪草咲くやラジオは名古屋場所

ブーゲンビレアアーチ作りのレストラン

鉄砲に島の名を付し仏桑花

延齢草ゆけるところまで登るべし

溝萩や音沙汰失せし一おとと

年寄のおしやれ好まし花臭木

木槿咲く時の流れに追はれゐて

コスモスの庭に郵便受けを立て
たむろして牧のはづれの吾亦紅

この奥に一茶の里や蕎麦の花

露草や故郷の石を苑に見て

桐一葉浅間小浅間晴れわたり

軽井沢ハッピーバレイの秋あざみ

別荘の庭に赤松白桔梗

河童住む淵と伝へて芦の花

山茶花や町春草の忌の過ぎて

崖に石蕗咲いて台風銀座とか

十二月八日慰霊の仏桑花

ガジュマルの林に消えて笹子かな

蘇鉄咲き種子島家の墓地静か

北風にマングローブの緑濃き

平成十二年——十三年

平成十二年

ガジュマルの根にみくじ結ふ初詣

冬桜由緒書なく名札なく

枯蔓にしがみつかれし道しるべ

枯菊をそのまま残し庭手入

かの日師と歩みし道を探梅行

盆梅を窓辺に霊園事務所かな

梅二月風生忌にて一透忌

山風に色めきたつや杉の花

あちら向き横向き庭のクロッカス

何ごとも地味に控へ目母子草

菫咲き駐車スペース二台ほど

岩梨の花に野兎見失ふ

紅梅を化粧の間より観る屋敷

県道といふも山みち犬ふぐり

物納の土地に三宝柑たわわ
ビル街のさくら通りの花盛り

窓際に花を見下ろす部長席

事務服を花衣とし昼休

飛花浴びて人事の噂語り継ぐ

花過のみな足早に退社どき

柚子咲くや健やかなれば古稀若し

雪の下咲かせ是清屋敷跡

じやがたらの花にサイロの丘はるか

関が原葵の花に風強し

ふるさとや本家の庭の苔の花

母の忌や庭の山梔子香るころ

向日葵や街道筋の川魚屋

ヒロシマの六日の朝の白木槿

カンナ燃えヒロシマカープ勝ちにけり

露草や硫黄の匂ふ遊歩道

芒野と見て踏み入れば花野なる

奥阿蘇に父の句碑訪ひ秋桜

特選の菊より水を与へけり

神代植物公園菊日和

大菊を一輪挿せる一升瓶

淀よりも秀頼美しき菊人形

兼業の農家でありし菊師かな

自家用の畑に食用菊の畝

八ツ手咲き開け放ちたる長屋門

新世紀迎ふ朝の帰り花

平成十三年

正月の花としクリスマスローズ

カタカナの花の香れる二月かな

旧正を祝ぐや洋花部屋に満ち

菜の花を供へて安房の一の午

床に梅活けて建国記念の日

薔薇園にバレンタインの日のデート

梅葉がち風生展の近づきぬ

花散るや翠舟句碑に首塚に

四月尽信濃の遅き桜観に

残菊や西の虚子忌は橙青忌

平成十七年——十九年

平成十七年

白薔薇の色清々し初詣

葉牡丹の花壇の奥にマリア像

仏の座咲くやチャペルの芝庭に

クリスマスローズの庭に読経洩れ

探梅行浄土彷徨するごとし

ハチ公の永久に侍れるうまごやし

梅東風や墓碑は中村吉右衛門

母子草無名戦士の眠らるる

元勲も茂吉の墓も下萌ゆる

霊園の将軍通りいぬふぐり

パンジーや三重県庁の花時計

立子忌の伊勢のたんぽぽ日和かな

和風旅館丁字の垣を巡らせる

知恵伊豆の墓のほとりの菫かな

乃木様の四つ目の紋に花吹雪

またの名を幽霊坂や花朧

花曇り玻璃窓けむる自刃の間

花名残庭の棗に歴史あり

水産の学び舎めぐる薔薇の風

捕鯨砲新旧展示踊子草

棕櫚咲いて鯨の骨の展示館

マンボウを見て車前草の花を見て

藤の雨かかり虚子句碑虚子胸像

紫陽花や混み合ふ郷土資料館

えご散るや白鳳仏へ続く道

水車館あやめさつきに静もれる

はびこりてむしろ愛でられ灸花

暑き日をあつめ睡蓮池まぶし

売店は鉢朝顔に水浴びせ

日向にもベンチのありて百日紅

御苑にも御苑の歴史濃紫陽花

朝顔の鉢を並べし車止

木槿咲き一庵茶事のなく閉ざす

こぼれ咲くままにひろがり鳳仙花

赤のまま茶店の裏は手入せず

水引の花や大名屋敷跡

露草や崩れ石垣ゆるぎなし

順路よりいささかそれて萩の花

残る蚊のひそみなんばんぎせるかな

茶室へといざなふ道のほととぎす

順路など特になけれど野菊道

基地跡の園の広さよ草の花

秋薔薇と見れば四季咲きものといふ

石蕗咲くや風化の墓碑は江戸の墓碑

枇杷咲くや江戸の古地図に残る寺

葉ばかりで花見当らぬ冬葵

寒菊や先祖は江戸の町火消

元日に咲かす手塩の福寿草

平成十八年

草珊瑚飾り十六むさしかな

室咲へ飛ぶ投扇の逸れ扇

一輪の梅の枝添へ懸想文

弾初のピアノの上の造花かな

楪や任期満了迎ふ年

蕾まで香るがごとし梅の花

梅園をはみ出してゐる香りかな

菜の花に化したる蝶にして白し

菜の花や安房は太陽近き国

菜の花や飛び飛びにして群れをなし

花行脚庭の桜に終りたる
アカシヤの咲けば雨よし晴れてよし

アカシヤの花散る地下鉄出入口

大使館議長公邸花槐

辻占の灯にアカシヤの散りにけり

月光に螢袋の点るごと

風鈴草指ではじけば鳴りにけり

奥蝦夷に黒百合訪ね来たる旅

一望に日本アルプス車百合

自生して叡山百合と崇めらる

落石の危ふさにあり鹿の子百合

姫百合や島に生まれて島を出ず

庭雀鉄砲百合に狙はれる

姥百合と熔岩の散らばる荘の庭

庭隅に育て鬼百合乙女百合

議員会館カサブランカのどつと着き

ふるさとの幼馴染や赤のまま

釣舟草昔ここより舟の出し

吊られゐて重さの見えぬ釣舟草

風に揺れ川音に揺れ釣舟草

別荘の庭の小流れ釣舟草

崖に咲き海を見下ろす石蕗の花

常磐木の木陰に石蕗の花盛り

料亭の玄関先の石蕗の花

枇杷いかに咲けども人は見上げざる

枇杷咲ける土地を地上げ屋売れと言ふ

土地売れて枇杷咲くままに伐られけり

葉牡丹を最前列に並べ売る

平成十九年

葉牡丹を古新聞に包み売る
選び買ふほど葉牡丹に違ひなし

純白の無き葉牡丹の白なりし

葉牡丹に頭から水浴びせけり

自動車に轢かれ路傍のいぬふぐり

いぬふぐり散歩の犬に嗅がれけり

いぬふぐり雀にまでも踏まれけり

なにごとも仰ぐほかなしいぬふぐり

屋根草のなかに育ちて母子草

這ひ這ひの公園デビュー母子草

山吹の白にだけ吊る名札かな

庭石に染みこむごとし濃山吹

山吹や子育て済みし庭荒るる

日当ればば薄紅走り姫女苑

姫女苑白の濃淡ありにけり

紅濃ゆき蕾のありし姫女苑

山墓の荒れ姫女苑花盛り

馬鈴薯を咲かせ古りゆく開拓史

馬鈴薯の花の起伏は丘なりに

晴れし日の続き馬鈴薯花ふやす

枝先の方が色濃き百日紅
花よりも幹で納得さるすべり

登校の列に無視され稲の花

うぶすなに続く畦みち稲の花

露草と星の会話の天地かな

畦川の溢れ露草溺れさう

永田町返り咲く木と咲かぬ木と

ひつそりと返り花にはなき見ごろ

冬薔薇を誰も見に来ぬ師走かな

暖冬や冬薔薇に来る蜂の数

庭に出て元気な薔薇と年惜しむ

Ⅱ　南青山便り

平成二十五年——二十六年

平成二十五年

マンションの夫婦にとどく福寿草

初句会胡蝶蘭もて長寿祝ぎ

寒紅や酔へば芸妓の姦しく

買初やアンデルセンのパン五つ

初釜や俳句の弟子は茶の師匠

政情を御用始の話題とし

マンションに女優と出会ひ春立ちぬ

あたたかや国連ビルに屋台来て

女医に胸診られてバレンタインの日

春一番二・二六の永田町

古雛の汚れに家の歴史秘め
レジに置くこけしの雛と招き猫

六本木ヒルズ望めば鳥帰る

木の芽風ホワイトデーのファッション街

レストラン借り切り卒業謝恩会
たもとほる骨董通り四月馬鹿

ファッションの街眠らせぬ春灯

亀鳴くや岡本太郎記念館

霊園に来て花人となりにけり

チューリップすくすく青南小学校

武具飾る骨董通りの老舗かな

風薫る根津庭園の茶室かな

母の日のこどもの城は閉ざされて

葉石榴に憩ふ大松稲荷かな

咲き満てるヨックモックの花水木

紳士用化粧品買ふ業平忌

オリーブの花咲く小原流会館

元勲の墓の藪蚊に螫されけり

ごきぶりの数も億ションらしき数

黒南風や渋谷へ降りる坂いくつ

夏館耐震工事急かさるる

億ションに住み水虫に悩まさる

国連ビル月下美人を運び込む

アートめく太郎の庭の花芭蕉

ジャスミンの香りの渡る交差点

ビル裏に猫の眼光る夜の秋

虫の音や青山能の桟敷席

蜩や茂吉の住みし跡に歌碑

外人も東京音頭盆踊

ハナエモリビルにコーヒー飲むも秋

スパイラル茶房に待つと秋の夜

救急車来て秋冷の交差点

マンションの暖房チェック冬支度

華やかに表参道冬に入る

はや雪の便りも新潟館らしく

開店も閉店もあり神の留守

大根に知る青山の物価高

句を飾り草田男母校冬休

文房具売場をせばめ暦売

別院の尼の手を借り除夜の鐘

平成二十六年

建替のさなかのビルも初景色

億ションは有人管理にて御慶

年中無休仕事始のなき店も

買初や宝石めけるチョコレート

根津美術館庭園内へ探梅行

マネキンの衣裳着せ替へ春を待つ

なほ残る質屋銭湯東風寒し

トレンドの発信街の初音かな

カタカナのビルに旧正月の笛

表参道建国記念の日の行進

絵タイルの歩道や踏絵無き世にも

霾天や路地にモロッコ大使館

三月や新作メニュー並ぶカフェ

骨董を賞で一献の桃の酒

剪定や整形外科に通ふ道

蟻穴を出でハチ公の墓どころ

自動ドア開けば舞ひこむ春の雪

春暖炉ヨックモックのカフェテラス

春風やベリーダンスを見て出れば

草田男の母校の句碑に四月来る

初花や全校生徒俳句詠み

創立の明治は遠く鳥雲に

歌ミサや青山学院復活祭

花街の無き青山に花見かな

亀鳴くや銭湯跡にトンカツ屋

更衣犬は衣を脱がさるる

マネキンは肌のあらはに夏めける

青蔦につつまれ学園前茶房

マロニエの咲いて青山一の一
ラベンダー売るは国連ビルの前

億ションにして冷房の試運転

着流しで皐月の骨董通りかな

オリーブの花に蜂くるカフェテラス

祖国恋ふ佳人にアメリカさくらんぼ

是清翁奇禍の庭園鴉の子

火蛾落ちぬショウウィンドの美女に惚れ

純白のショートパンツとハンカチと
ウェディングパレスの庭の半夏生

紀伊國屋ビルガラスに歪む雲の峰

雷鳴や時差信号の交差点

吹抜けの地階広場の日除かな

青山通りショウウィンドの登山服

露涼し億ションョン古び人も老い

マンションに滝を作りて訴訟沙汰

犬連れし女優に出会ふ今朝の秋

青山に基地なほ残り敗戦日

六本木ヒルズ灯を消せ銀河濃し

尼様も踊る青山善光寺

新涼や蔦茶房よりジャズ流れ

星条旗通り走れば星飛べる

マンションの建替論議震災忌

野ざらしの彫刻並び蚯蚓鳴く

敬老の日も若者の町として

蛇穴に入る耐震の論議遅々

軍用地跡を色なき風走り

小鳥来る骨董通り獣医科に

秋惜しむハチ公バスを乗り継いで

十一月美容皮膚科の予約混み

青山は初霜までがお洒落めき

小春日やハンバーガーのカフェテラス

老犬を介護勤労感謝の日

綿虫の誘ふバイブルハウスかな

事始ホテルにフラワーアーチスト

豪華マンション小さき聖樹を入口に

国連のビル前借りし飾売

善光寺別院に撞く除夜の鐘

平成二十七年――二十八年

華やぎて表参道淑気満つ

松飾西洋アンティーク専門店

買初のボトルや自動販売機

エレベーター地下三階へ初電車

洋服のままの稽古や窯始

舞初やビルの二階のバレー団

青山能銕仙会館能初
旧正の大江戸線を乗り継げる

乃木庭園バレンタインの日の夫婦

青山霊園丑三つどきの猫の恋

鳴雪忌墓碑より高き不二の句碑

江戸よりの和菓子老舗の吊し雛

虫出しの雷や岡本太郎館

鴉鳴く青山学院大試験

新しきビルみな高く高く初夏

老舗なる質屋に卯の花くだしかな

是清翁公園常磐木落葉掃く

まくなぎや山手空襲慰霊碑に

六月の花嫁ショウウィンドに
ゼラニューム飾るマンションベランダに

父の日や父より継ぎし家に住み

山陽堂書店壁画に日の暑し

梅雨明の新潟館に蕎麦すすり

羅の外人闊歩国連前

海見えぬ港区に住み盆の月

妻連れてミッドタウンへ天の川

マンションに外人多し終戦日

六本木ヒルズを望む展墓かな

爽やかに看護協会ビルに会ふ

秋冷や妻に連れられピーコック

露けしや南青山にも空き家

鰯雲南青山歴十年

スパイラル地下の夜長にスイーツを

体育の日の神宮の応援団

南青山川上庵に走り蕎麦

美容教室料理教室冬仕度

ブルーノート東京にジャズ文化の日

フレンチトースト小春のカフェテラス

神宮は神在すらし神無月

冬めくや照明器具の店オープン

芭蕉忌や句碑見せ青山善光寺

赤信号多し勤労感謝の日

満員のハチ公バスや十二月

服を着し猫が外車に漱石忌

外国の暦も売りてファッション街

億ションの窓の点滅クリスマス

お隣の大松稲荷へ初詣

御慶とて異国語多し犬猫も

大臣も社長も女礼者なる

寝た切りをもつとも怖れ寝正月

骨董の町に踏絵をさがしをり

春の夜やブルーノートのラテンジャズ

修理してバレンタインの日の指輪

旧正や無料査定の古美術店

君子蘭花屋の奥に女王めく

春の風邪スキンケアの店は混み

時彦のことも勿忘草のうち

終刊を休刊といふ四月馬鹿

祝賀会済ませ誌の消え蜃気楼

青山は明治の田舎別れ霜

遠き橋今もよく見え春深し

花暦終刊惜しみ春惜しむ

あとがき

「花暦」の平成二十八年四月号は「十八周年記念号」であった。そして表紙の裏には「花暦は当分休刊いたします」との社告が掲示されていた。沙緻さんの体調も回復せず埼玉県本庄市に移転されていたが適当な事務所もなく月刊誌の継続は無理と判断されたのだろうが、終刊ではなく休刊だとの沙緻さんの強いご要請だったと聞く。季刊などに変更する方法もあったかも知れない。休刊にして療養に専念、いずれ復刊を目指されたのだろう。この休刊号の舘岡沙緻さんの作品は七句で最後の二句は

春ひと日病む身忘れし白き卓

初花や堀よりの風八十路髪

であった。他の六句も「十八周年記念の集い」にて詠まれたような感じのする作品であった。最後の八十路髪の句には「花暦休刊」と前書がある。

私は、「花暦」の句会には出なかったが誌上に毎月作品と文章を寄稿した。創刊号には草間時彦さんに教えていただいた折句を詠んだ。書家の町春草さんが銀座で俳人の色紙展を開催された時に草間さんは折句の色紙を出品された。私は、その色紙展のお手伝いをしていた。その時に折句をご指導いただいた。

創刊号に寄稿した八句は最初の一字を横に読むと「祝創刊花暦沙緻祝」となる形の折句である。その後は毎月いろいろな花の作品を発表した。四年ほどしてからは、その月に忌日がくる人の忌を花を添えて詠み発表してきた。そのようにして「花暦」に発表した作品と文章はいままで句集にも文集にもまとめていないかった。

たまたま、東京四季出版の西井社長と沙緻さんの思い出話をした結果、今年の五月に『花の暦は日々新た　忌日俳句篇』と題して句集を纏めることが出来た。今回は主に花を詠んだ作品である。沙緻さんは最初から最後まで私の好きなようにさせてくれた。

休刊号にも八句寄稿したが折句ではない。この句集には二句削り六句を最後に収めた。主宰が強く終刊でなく休刊だといっているのに休刊号に収めた

終刊を休刊といふ四月馬鹿

花暦終刊惜しみ春惜しむ

という句も収めた。それが沙緻さんと私のお付き合いの歴史だからである。

時彦のことも勿忘草のうち

も折句のことなど「花暦」にゆかりが多いからである。休刊号に詠んだ句のなかで

鳥雲に通巻二百十九号

は収録をしなかった。形式が類想的であったし、インターネットの「俳句ブログ『花暦』」はその後も続いていたからである。雑誌の「花暦」は遂に編まれず復刊もなく沙緻さんはあの世にゆかれてしまった。

前回の「忌日俳句篇」の「あとがき」で「『花の暦は日々新た』が完結したら沙緻追悼折句を詠みたいと思う」と記した。「文章篇」がまだ残っている。

平成三十年六月十七日

大久保白村

著者紹介

大久保白村（おおくぼ・はくそん）　本名：大久保泰治

昭和五年（一九三〇）三月二十七日生まれ

学歴・職歴

立教大学経済学部卒業（昭和二十七年）。富士銀行入行。昭和四十八年、上福岡支店長以後、上六、千住など支店長経験約十年勤務後、銀行の斡旋で日本橋興業（現ヒューリック）取締役経理部長に転じ、六十五歳で退職。

俳句歴

父が俳句をしていたので、門前の小僧として学生時代より作句。銀行就職後、富安風生指導の職場句会で本格的な指導を受け、主に富安風生主宰の「若葉」をはじめ「若葉」系の「春嶺」「岬」「朝」で学び、以後中断することなく「ホトトギス」「玉藻」「藍」などでも研鑽、現在にいたる。現在の所属結社は主に「ホトトギス」（同人）。

協会等

公益財団法人海上保安協会評議員
公益社団法人日本伝統俳句協会副会長
公益財団法人虚子記念文学館理事
一般社団法人東京都俳句連盟顧問（前会長）
国際俳句交流協会常務理事
俳句ユネスコ無形文化遺産登録推進協議会常務理事
公益社団法人日本文藝家協会会員

句　集

『おないどし』『翠嶺』『山櫻』『梅二月』『桐の花』『茶の花』『月の兎』『精霊蜻蛉』『中道俳句』『一都一府六県』『「朝」の四季』『門前の小僧』『続・中道俳句』『海にも嶺のあるごとく』『花の暦は日々新た　忌日俳句篇』

エッセイ集

『俳句のある日々』

連絡先

〒一〇七—〇〇六二　東京都港区南青山五—一—一〇—九〇六　こゑの会事務局

句集 花の暦は日々新た 花の俳句篇

平成三十年七月三十日 初版発行

著 者●大久保白村

発行人●西井洋子

発行所●株式会社東京四季出版
〒189-0013 東京都東村山市栄町二―二二―二八
電 話 〇四二―三九九―二一八〇
FAX 〇四二―三九九―二一八一
shikibook@tokyoshiki.co.jp
http://www.tokyoshiki.co.jp/

印刷・製本●株式会社シナノ

定 価●本体二八〇〇円+税

ISBN978-4-8129-0954-6